我的中文小故事(5)

wǒ de zhōng wén lǎo shī
我的中文老师

My Chinese Teacher

Victor Siye Bao
曾凡静 编著

北京大学出版社
PEKING UNIVERSITY PRESS

图书在版编目（CIP）数据

我的中文老师／（新西兰）Victor Siye Bao，曾凡静编著.—北京：北京大学出版社，2009.1
（我的中文小故事5）
ISBN 978-7-301-14404-6

I. 我… II. ①B… ②曾… III. 汉语－对外汉语教学－语言读物 IV. H195.5

中国版本图书馆CIP数据核字（2008）第167205号

书　　　名：	我的中文老师
著作责任者：	Victor Siye Bao　曾凡静　编著
责 任 编 辑：	贾鸿杰　sophiajia@yahoo.com.cn
插 图 绘 制：	Amber Xu
标 准 书 号：	ISBN 978-7-301-14404-6/H·2093
出 版 发 行：	北京大学出版社
地　　　址：	北京市海淀区成府路205号　100871
网　　　址：	http://www.pup.cn
电　　　话：	邮购部 62752015　发行部 62750672
	编辑部 62767349　出版部 62754962
电 子 信 箱：	zpup@pup.pku.edu.cn
印 刷 者：	北京大学印刷厂
经 销 者：	新华书店
	889毫米×1194毫米　32开本　1.125印张　2千字
	2009年1月第1版　2016年5月第4次印刷
定　　　价：	15.00元（含1张CD-ROM）

未经许可，不得以任何方式复制或抄袭本书之部分或全部内容。
版权所有，侵权必究　　举报电话：010-62752024
　　　　　　　　　　　电子信箱：fd@pup.pku.edu.cn

我的中文老师姓白,叫白小马。

他不高也不矮,身高有一米七七;

177CM

不胖也不瘦,体重有75公斤。

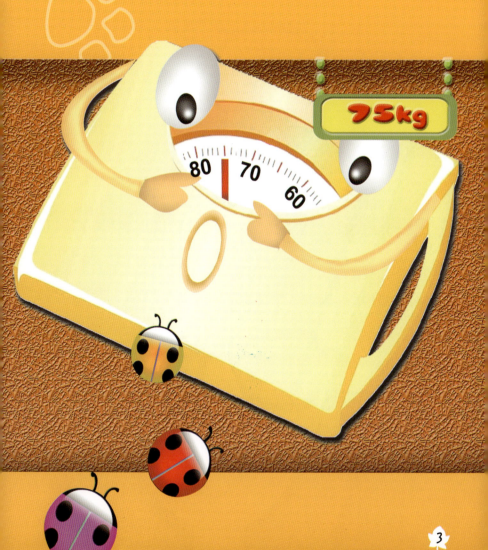

他有一双大大的眼睛,
戴黑色的眼镜。

tā xìng gé fēi cháng suí hé
他性格非常随和,

教中文教得很好，我们都非常喜欢他。

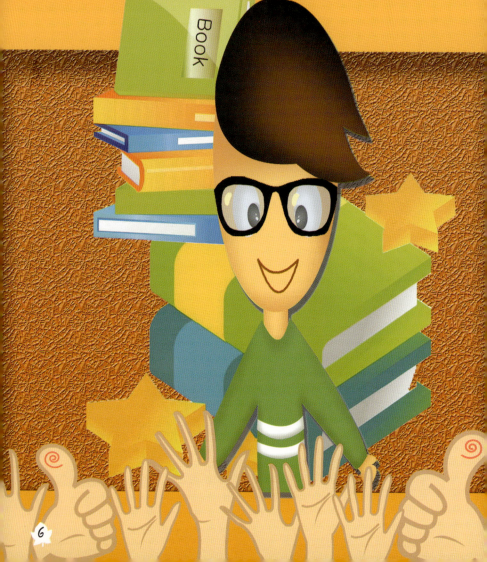

我们等啊，等啊……

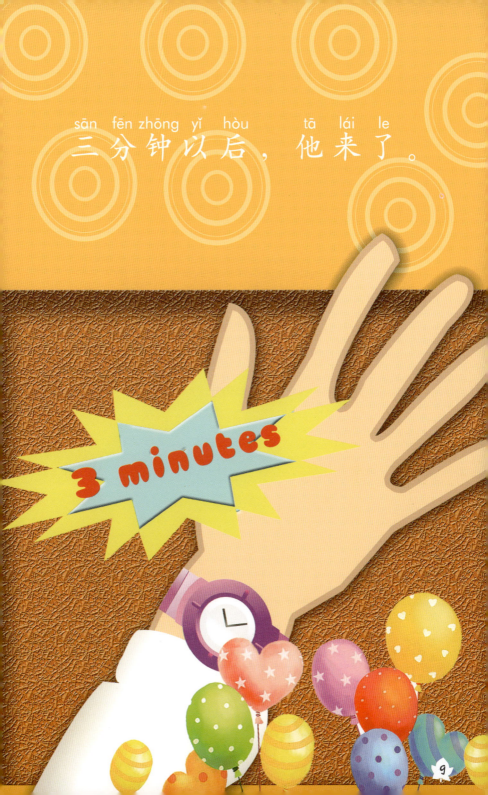

sān fēn zhōng yǐ hòu, tā lái le
三分钟以后,他来了。

tā de tóu fà hěn luàn,
他的头发很乱,

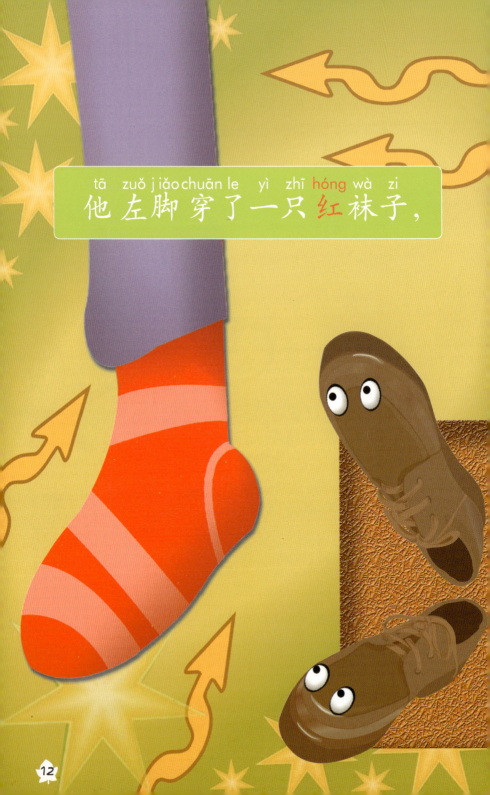

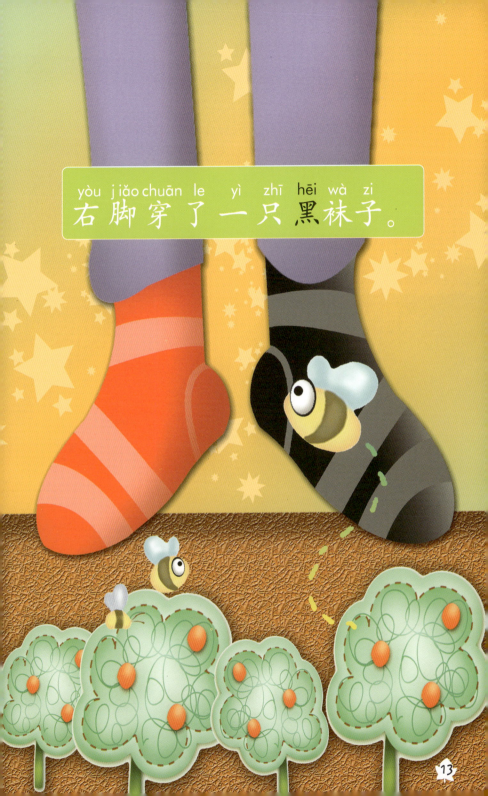
右脚穿了一只黑袜子。

我们都笑了，

tā de liǎn hóng le
他的脸红了。

他告诉我们说:"我家的闹钟坏了,

没有时间洗澡，

chuān cuò le wà zi
穿错了袜子，

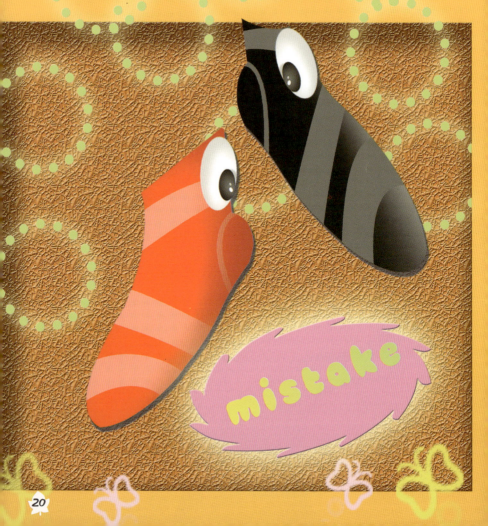

又忘了戴眼镜。"

cóng nà tiān yǐ hòu, wǒ men jiào tā
从那天以后,我们叫他
hóng bái hēi lǎo shī
"红白黑"老师。

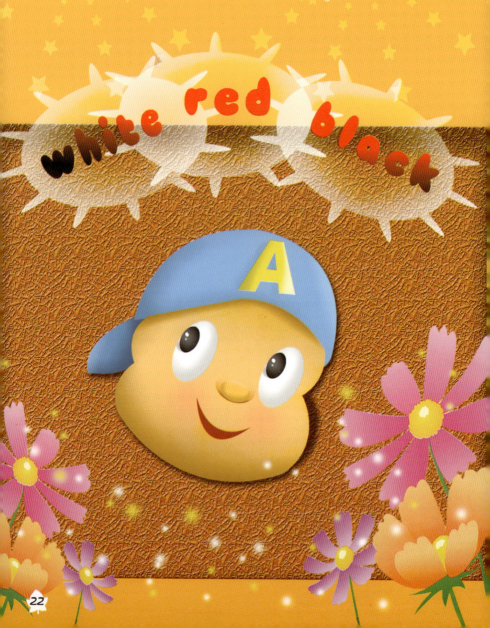

bái lǎo shī yì diǎnr yě bù shēng qì
白老师一点儿也不生气。

他说：“我以后要注意些，不能这么粗心了。”

白老师果然再也没有迟到过,每天都准时来学校。

但是我们有的时候还是叫他"红白黑"老师。

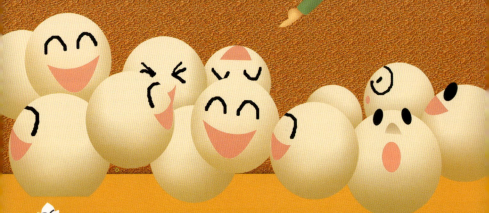

我的中文老师姓白，叫白小马。他不高也不矮，身高有一米七七；不胖也不瘦，体重有75公斤。他有一双大大的眼睛，戴黑色的眼镜。他性格非常随和，教中文教得很好，我们都非常喜欢他。

有一天，我们上中文课，他没有来。我们等啊，等啊……三分钟以后，他来了。他的头发很乱，没有戴眼镜。他左脚穿了一只红袜子，右脚穿了一只黑袜子。我们都笑了，他也笑了。他的脸红了。他告诉我们说："我家的闹钟坏了，所以起来晚了，没有时间洗澡，穿错了袜子，又忘了戴眼镜。"

从那天以后，我们叫他"红白黑"老师。白老师一点儿也不生气。他说："我以后要注意些，不能这么粗心了。"

白老师果然再也没有迟到过，每天都准时来学校。但是我们有的时候还是叫他"红白黑"老师。

生词

1.	姓	xìng	v.	surname
2.	高	gāo	adj.	tall
3.	矮	ǎi	adj.	short
4.	胖	pàng	adj.	fat
5.	瘦	shòu	adj.	thin
6.	体重	tǐzhòng	n.	(body) weight
7.	公斤	gōngjīn	mw.	kilogram (kg)
8.	戴	dài	v.	put on; wear
9.	眼镜	yǎnjìng	n.	glasses
10.	性格	xìnggé	n.	character
11.	随和	suíhé	adj.	amiable; easy to get along with
12.	教	jiāo	v.	teach
13.	分钟	fēnzhōng	n.	minute
14.	乱	luàn	adj.	in a mess; disordered
15.	左	zuǒ	n.	left
16.	脚	jiǎo	n.	feet
17.	袜子	wàzi	n.	socks; stockings
18.	右	yòu	n.	right
19.	闹钟	nàozhōng	n.	clock
20.	所以	suǒyǐ	adj.	so
21.	洗澡	xǐ zǎo		bathe; have a bath
22.	注意	zhùyì	v.	pay attention to
23.	粗心	cūxīn	adj.	careless
24.	果然	guǒrán	adv.	really
25.	迟到	chídào	v.	late
26.	准时	zhǔnshí	adv.	on time, on schedule

练习

_{huà chū shū zhōng tí dào de sì jiàn wù}
画出书中提到的四件物
_{pǐn zhōng wén zěn me xiě ne}
品，中文怎么写呢？

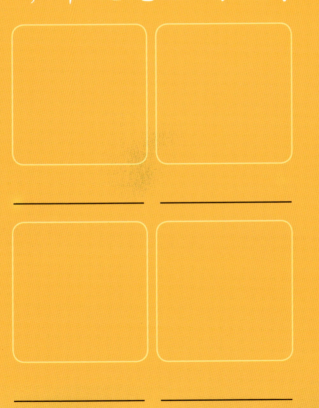

_{xiě} _{yi} _{xiě} _{nǐ} _{de} _{zhōng} _{wén} _{lǎo} _{shī}
写一写你的中文老师。

后　记

　　这次创作和以往的不同,是一个充满乐趣的过程。很多故事都是笔者在近20年的对外汉语教学中积累的材料,是真实故事。在撰写和编辑中,我回味了过去在不同国家教学的快乐日子。故事中的人和事,常让自己不由自主地大笑起来。

　　让我感到非常幸运的是,在编写、出版这套小书的过程中,我能够和一帮可爱而充满活力的年轻人合作。第一次和邓晓霞编辑见面时,我们谈起适合中小学生的汉语阅读书太少。于是,我们一拍即合,在很短的时间里就完成了这套故事书的构思和创作。可以说,没有晓霞,就不会有这套图书。

　　作为给年幼且汉语程度不高的孩子们写的故事书,插图在某种意义上比文字还要重要,所以我真的很幸运,得到了充满童心、阳光健康的画家徐媛的大力支持。我们在画面风格、内容等方面进行过充满乐趣的讨论,非常默契。

　　这套故事书能够出版,需要很多人的付出。另外一位是我从未见过的、负责排版的张婷婷,我们通过网络联系,现在已经是非常好的朋友。正是因为有这么好的团队,我有了继续写作的动力,相信我们今后的合作会更加愉快。

　　在这套故事书编辑和出版的过程中,我的孩子Justin出世了,让我感到双倍的快乐。

　　在与出版社讨论书名的时候,我们决定把这套书一直出版下去。首先出版的20本,希望能得到广大读者的反馈,以便对后面的故事进行修改。欢迎和我联系:victorbao@gmail.com。

首期推出以下20本

我的中文小故事

1. 小胖
2. 两个轮子上的国家
3. 看病
4. 弟弟的理想
5. 我的中文老师
6. 为什么要考试
7. MSN
8. 跟老师打赌
9. 快乐周末
10. 两个新同学
11. 伦敦的大雾
12. 美国人在北京
13. 奇怪的讨价还价
14. 中国菜
15. 母亲节的礼物
16. 没有雪的圣诞节
17. 学校的运动会
18. 寻找宠物
19. 最早的独自旅行
20. 中国书法

第二辑推出以下20本

我的中文小故事

21. 吵架
22. 我的好朋友小·鸟
23. 机器人
24. 公园里迷路
25. 国宝熊猫
26. 环保购物袋
27. 旗袍
28. 容易受伤的男人
29. 小·甜甜
30. 愚蠢的小偷
31. 打错的电话
32. Yes和No
33. 中国人的称谓
34. 网络视频
35. 快乐是可以传染的吗
36. 生日会
37. 演出
38. 中文课上的时装表演
39. 在北京滑冰
40. 会跳街舞的中文老师

From专家

　　学一种语言，教科书和老师当然很重要，但语言学习学的是技能，而不是知识。学习技能需要不断实践，否则不仅不会熟练，还可能边学边忘。从事汉语教学的教师，几十年前就呼吁编写课外读物，但一直应者寥寥。可喜的是近年来汉语学习课外读物陆续出版了一些，"我的中文小故事"就是这个园地里的一朵新花。这套图文并茂的小故事内容贴近孩子们的日常生活，突出了中国文化特色，并涉及多方面的新鲜事物，相信孩子们会在快乐阅读中，温故知新，中文取得明显的进步。

——刘月华教授，先后任教于卫斯理学院、麻省理工学院、哈佛大学

From一线教师

　　我把"我的中文小故事"推荐给初学汉语的小朋友后，他们非常高兴。书里的故事贴近孩子们的生活，有些情节他们甚至亲身经历过，所以他们读的时候很兴奋。这套书语言简洁，情节幽默，还有非常贴切的插图。虽是课外阅读材料，但作者十分细心，不但列出了生词，还设计了练习，既能帮助学生复习故事涉及的内容，还能激发他们进一步思考。最值得称道的是，故事中孩子们觉得最搞笑或者最开心的地方，往往是汉语学习中需要注意的重点和难点，这样，孩子们在开怀大笑后就牢牢地记住了这些内容。我会把"我的中文小故事"推荐给更多的孩子，让他们在阅读中学习，在阅读中体验快乐！

——许雅琳，杭州国际学校中文教师

FROM孩子们

　　My little Chinese Book Series that Mr. Bao created is really fun as we learn new vocabulary with no fear of the language itself. After I read the first 20 books, I am more confident in reading Chinese now, I do enjoy reading Chinese books now.

——Lizzy Brown, from Australia

- 这个故事书的topic很吸引我，插图很好玩儿，很有创意。生词很简单，练习可以让我有想像力。《跟老师打赌》最吸引我。

——Wongi Hong, from Korea

- 我觉得这"我的中文小故事"对刚开始学中文的人很有帮助，不认识的字可以看拼音，还可以看生词表。

——Erica Jin, from Australia

- 故事很短，很快就能看完，是一个minibook。插图很好笑，让我很开心。生词很简单，还有pinyin。Pinyin让故事更简单。我喜欢《小胖》。

——Daniel Zhu, from Canada

- 我觉得故事很容易读，画儿也很好。有不懂的字，看画儿就懂了。

——Khushbu Rupchandani, from India

- "我的中文小故事"很容易看明白，我觉得这套书很有意思，是我学习新词的很好的途径，用这套书学中文很有乐趣，我喜欢"我的中文小故事"！

——Reeza Hanselmann, from Germany and America